보리수아래 감성 시집 11 성인제 시집

당신을 닮은 오늘

도서출판 도반

시집을 내면서

봄이 우리 곁에 다시 왔습니다.

봄의 시작과 더불어 온 기쁜 소식, 바로 저의 두 번째 개인 시집 출간 소식이 전해져 온 것입니다.

첫 번째 시집을 내고 코로나로 이렇다 할 활동을 못하니 아쉬워서 또 언제쯤 기회가 다시 오나, 하던 차에 기쁜 소식이 저에게 날아들었습니다. 너무 기다리던 반가운 소식이었습니다.

소식을 듣자마자 그동안 써놓았던 글들 중에서 좋다고 생각된 것들을 70편 골라 다듬을 부분은 다듬고 아니다 생각되는 것들은 삭제 수정 보완해 보냈습니다.

사실 저의 시는 시라기보다는 공개된 낙서장에 낙서를 한 것들입니다. 저의 페이스북 카카오스토리 인스타그램 친구라면 지나가다 보시고 좋아요나 댓글을 달아주셨을 것입니다.

그냥 생활 속 일상을 있는 그대로 느낌을 받은 그대로를 글에다 옮겨 놓으니 많은 분들께서 공감도 해주시고 좋아요 댓글로 답해 주시지 않나 생각해요.

그런 글들을 하나둘 모아 모아 작은 책으로 엮어 이렇게 시집이라는 이름으로 더 많은 분들과 만날 기회를 얻게 되어 마음이 설레입니다.

그리고 저와 sns 인연이 없으신 분들이나 활동이 전혀 없으신 분들과도 만날 수 있는 기회라 가슴이 벅차오르네요. 언제나 새로운 인연을 만나고 유지한다는 것은 설레임 그 자체니까요.

그동안 외출을 자제하면 SNS를 통해 여러 계층의 분들과 의견을 나누며 소통해왔는데 이제는 더 많은 분들과 소통할 수 있는 길이 열린 것 같아 너무나 행복합니다.

지난번에도 말씀드렸다시피 전 그리 글을 잘쓰는 편은 아니지만 그래도 저의 장점이라고 할 수 있는 것은 가감 없는 표현이라 할 것입니다.

있는 것에 보태지도 않고 빼지도 않는, 있는 그대로 느끼는 감정 그대로를 글에다 옮겨 놓는 것이 저의 글의 장점이라 생각합니다.

이번에 다시 시집을 내게 될 줄은 몰랐는데 보리수아래 최명숙 대표님이 성인제씨 지난번에 보니까 좋은 글들이 많던데 기회 봐서 책 한 권 더 내요 하시길래 '네 그러세요.' 그러고 넘어갔고, 전 그냥 인사치레로 하시는 말씀이겠거니 했지요. 헌데 2023년 봄에 2023년 보리수아래 감성시집 첫 번째 시집으로 낼 거라고 준비를 하라고

하셔서 너무 놀라고 기분이 좋았고 정말 깜놀이었습니다
저에게 다시 기회를 주신 보리수아래 최명숙 대표님 그
리고 도서출판 도반 사장님 사모님께 깊은 감사의 말씀
을 드립니다.
끝으로 이 시집을 내면서 작은 바람이 있다면 요 몇 년
간 코로나로 힘든 시간들 보내신 분들이 많았는데 그분
들이 제 시집을 읽으시고 조금이나마 마음의 위로를 받
으셨으면 하는 것입니다

2023년 3월
성인제

차례

제 1 부
오늘이 좋은 이유

공백 여백

공백은 채우는 것이고
여백은 남기는 것이다
희망의 여백은 남기고
그 공백을 행복으로 채운다
희망의 여백이라는 자리가 생기면
그 생긴 공간을 행복으로 채우는 것이다
그러면 행복한 여백이 되고 희망의 공백이 된다

공백은 그대의 자리가 비워진 것이고
여백은 돌아올 그대를 위해 자리를 남겨 둔 것이다
언젠가 돌아올 그대를 위해 여백을 남기고
그 공백을 돌아온 그대가 채우는 것이다
그대를 그리는 여백이 생기면
그 공백을 그대를 사랑하는 마음으로 채우는 것이다
그러면 사랑의 여백이 되고 애틋한 공백이 된다

오늘이 좋은 이유

친구야

나와 함께 웃고 울던 내 친구야
너는 지금 어디서 무엇을 하고 있을까?
그때 너와 함께 하지 못해 미안해 친구야
너와 함께 같은 곳을 보며 꿈꾸었으면 좋았을 텐데
미안하다 친구야 너와 같은 꿈을 꾸지 못해서
미안하다 친구야 너와 같은 곳을 바라보지 못해서
너와 같은 곳을 보며 같은 꿈을 꾸면 좋았으련만
너와 나는 다른 곳을 바라보고 다른 꿈을 꾸고 있구나!
우리 함께 하지 못함이 가슴 아프지만
우리 서로의 행복을 기도해 주자 친구야

월광

월광이 아름다운 오늘 밤
창문 틈으로 스며들어오는 은은한 월향은
깊어가는 이 계절 설레임으로 출렁이게 한다
부처님을 닮은 그 미소는
외로움에 지쳐 울고 있는 상처받은 마음을
살포시 어루만지며 위로해 줍니다
저 멀리서 월광 소나타가 들리고
나는 그 소리에 행복하게 또 한 번 설레입니다
부처님의 미소를 닮은 오늘 밤
부처님의 향기로 인자함이 가득 느껴지는
밝고 은은한 향이 있는 행복한 오늘 밤입니다

오늘이 좋은 이유

오늘이 좋은 이유

오늘이 좋다
바람도 시원하고
햇살이 따뜻하게 느껴지는
오늘이 좋다

오늘이 좋다
나무에 많은 열매들
그 열매의 달콤함이 있는
오늘이 좋다

오늘이 좋다
길가에 코스모스 하늘거리고
그 코스모스 길을 걷는
오늘이 좋다

오늘이 좋다
높고 파란 하늘의 조각구름
그 조각구름의 여유로움이 있는
오늘이 좋다

오늘이 좋다
국화 향이 그윽하고
그 국화 향에 취해버린
오늘이 좋다

그대 느껴지는

그대가 느껴지는 오늘
그대 오는 소리가 조금씩 들리고
그대는 그렇게 다가옵니다
동장군은 떠나기 아쉬운 듯 심술을 부리는 요즘
머릿속은 어느새 그대 생각으로 가득합니다
그대가 오시면 나눌 따뜻한 이야기들을 준비합니다
저기 칠 부 능선에 그대가 보이기 시작했습니다
마음은 설레임 가득한 풍선이 됩니다
나는 그대에게 어서 오라 손짓을 해보지만
그대는 그냥 아랑곳 없이 미소만 짓습니다
그대는 그냥 아랑곳 없이 미소만 짓습니다

봄물

좋은 향기
고운 바람이
따뜻한 햇살이
오늘을 봄빛으로 물들인다

벚꽃처럼 하얀 향기가
설레임 가득한 솜사탕 마음이
그대를 닮은 분홍 진달래가
오늘을 봄빛으로 물들인다

오늘은 봄이고
좋은 향기 가득 품은 벚꽃잎이 바람에 날리고
설레임 가득한 따뜻한 햇살이
진달래를 닮은 그대와
오늘을 봄빛으로 물들인다

바닷가

지금 바닷가에 있다
내 마음은 이미 바닷가에 있다
이 후끈한 열기 가득한 이 곳을 떠나
하얗게 부서지는 파도가 있는 그곳에 있다
시원한 바람과 파도가 있는 그곳에서
답답한 마음을 파도 위에 던지고
나를 감싸고 있는 열기를 바람에 날린다
그리고 목청껏 소리소리 지르며 달린다
시원하다 시원하다 미치도록 시원하다고
난 미치겠다 난 미쳤다 고래고래 바닷가를 뛰어다닌다
시원한 바닷물 시원한 바람이 오늘을 미치도록 행복하게
한다

홍차 커피

홍차와 냉커피가 있는 오늘
따뜻한 냉커피가 있는 오늘
시원한 홍차가 있는 오늘
따뜻한 마음으로
시원한 바람으로
홍차와 냉커피를 마신다
분위기 좋은 카페에서
경치 좋은 정자에서
따뜻한 홍차를 마시고
시원한 냉커피를 마신다
시원하게 또는 따뜻하게

초대

초대합니다
당신을 초대합니다
나의 일상 속으로 당신을 초대합니다
나는 평범한 일상을 거부합니다
나는 평범함을 거부합니다
그래서 당신을 나에게 초대합니다
변화를 두려워하지 않는 당신이기에
나를 변화시켜줄 당신이기에
당신을 나에게로 초대합니다
평범한 오늘을 유지하기보다
새롭고 활기찬 내일을 위해 당신을 초대합니다
당신을 내 마음으로 초대합니다

방금

방금 봄이 온 것 같았는데
어느새 봄은 저만치 가고 있다
그대는 내 맘에 찾아왔지만
어느새 내 맘에서 멀어져 간다
여름은 저 먼 곳에 있었지만
어느새 여름은 우리 곁에 찾아와 있다
뜨거운 열정이 식었다 생각했지만
어느새 뜨거운 열정의 불꽃은 내 맘에서 불타고
그대를 향한 내 맘에 여름이 시작되는가 싶더니
어느새 그대를 향한 사랑의 불꽃은 뜨겁게 타오른다
봄처럼 은은하고 여름처럼 뜨거운 그대를 향한 마음은
부드럽고 열정 넘치게 그대를 향해 불타오른다

오늘이 좋은 이유

바람

바람이 분다
살살 바람이 분다
달콤한 꿀 바람이 분다
향기 가득한 꽃바람이 불어와
답답하고 쓸쓸한 마음을 행복으로 채운다

바람은 노래한다
살랑살랑 부드러운 노래를
달달한 사랑의 노래를 부른다
꽃향기 가득한 꽃노래를 부르며
아름다운 꽃향기 소리를 선물해 준다

행복한 바람이 분다
즐거운 바람 소리가 들린다
행복한 바람을 느끼며
즐거워 소리 내어 웃으며
부드러운 행복을 느낀다

습작

습작이었으면 좋겠습니다
지금까지의 내 인생이 습작이었으면 좋겠습니다
아주 리얼리티한 연습 기간이었으면 좋겠습니다
저에게 인생을 다시 그릴 기회가 온다면
지금까지 연습한 그림 솜씨로 멋진 그림을 그릴 수 있을
텐데
저에게 다시 인생의 소설을 다시 쓸 기회가 온다면
지금까지 습작한 경험으로 멋지고 화려한 인생을 쓸 텐
데
아쉽게도 인생은 그 자체가 습작이면서 본편이라
멋진 인생을 다시 쓸 기회도
아름다운 그림을 다시 그릴 기회도
주어지지 않는다는게 너무나도 아쉽습니다
하지만 지금부터라도 인생을 멋지게 쓰고 그리겠습니다
제 인생은 지금부터니까요

부족한 시간

시간이 부족하다
아름다워질 수 있는 시간이 부족하고
행복해질 수 있는 시간이 부족하다
우리는 서로를 알아갈 수 있는 시간이 부족하고
우리는 서로 사랑할 시간이 부족하다
그런데 우리는 시간을 낭비하고 있다
서로를 알아가기도 바쁘고
서로를 사랑하기도 바쁜데
우리는 서로를 미워하고
서로에게 상처를 입히는 데 너무 많은 시간을 쓰고 있다
이제는 서로를 이해하는 데만 시간을 쓰자
이제는 서로를 사랑하는 데만 시간을 쓰자
그래서 세상이 아름다워질 수 있도록
그래서 세상이 행복으로 가득 찰 수 있도록 말이다

이제는 서로를 이해하자 이제는 서로를 사랑하자

그래서 세상에 아름다운 행복이 넘치도록 말이다

피었네

벚꽃 피었네
하얀 꽃이 피었네
비 내리는 오늘

설레는 마음이 피었네
촉촉한 마음이 피었네
비 내리는 오늘

아름다운 꽃 피었네
아름다운 마음 가득 피었네
비 내리는 오늘

행복한 꽃이 피었네
내 마음 한가득 행복이 피었네
비 내리는 오늘

설레는 아름다움이 피었네
행복한 하얀 꽃이 가득 피었네
비 내리는 오늘

만춘

만춘이 깊은 요즘
봄의 끝자락에 와 있는 오늘
봄 날씨라기보다 초여름 기온
봄은 가득 차 흘러넘치고
곧 떠날 그대를 배웅할 준비를 하고
행복한 만춘은 더욱 깊어간다
만추에는 낙엽이 하나둘 떨어져 쓸쓸했지만
만춘에는 푸르른 녹음이 짙어져 생동감이 넘치고
이 푸르름 가득한 만춘은 나의 마음을 짙게 물들인다
이렇게 녹색 짙은 마음으로

다가오고 멀어지고

저 멀리서 행복한 봄이 오고
가득했던 불행을 조금씩 밀어내고
나는 조금씩 행복해진다
저만큼 있던 행복은 어느새 이만큼 다가왔고
불행은 겨울과 함께 내 곁을 떠나고
불행한 나에서 행복한 나로 변신을 한다
봄은 그렇게 행복을 가지고 나에게 다가온다
행복한 향기 가득 품고

테라포밍

그대 마음을 탐사합니다
그대 마음에 내가 머물 수 있는지
저의 마음을 그대 마음에 보내봅니다
전 그대의 마음에 머물기를 원합니다
하지만 그대 마음의 환경은 제 마음이 머물기에는
너무 척박해 테라포밍이 필요합니다
테라포밍하고 싶습니다
외계천체를 테라포밍하듯
그대의 마음을 테라포밍하고 싶습니다
황량한 화성을 지구처럼 쾌적하게 테라포밍하듯
나도 그대의 마음을 테라포밍하여
내가 그대의 마음에 자리할 수 있는 환경을 만들고 싶습
니다
아니 그대의 마음을 테라포밍하는 것보다는
내 마음을 테라포밍해
그대를 내 마음속에 자리하게 하는 것이
빠를지도 모르겠습니다

테라포밍하자

그대 마음이든

내 마음이든

그래서 서로의 자리를 만들어 놓자

서로 행복하게 외롭지 않게 말입니다

오늘이 좋은 이유

제 2 부
그대 오시는 날

당신께 가는 행복

당신께 가는 행복을 썼습니다
제 맘속에 항상 당신이 있습니다
당신과 함께 있는 행복을 썼습니다
제 맘이 항상 행복한 것은 당신이 제 맘에 있기 때문입
니다
전 항상 당신과 있습니다
그래서 전 항상 행복합니다
당신께 가는 길은 행복합니다
전 오늘도 당신께 갑니다
전 내일도 행복한 맘으로 당신께 갈 것입니다

겨울이 오려나 봅니다

겨울이 오려나 봅니다
해가 조금씩 짧아지는 것을 보니
가을이 가려나 봅니다
마음이 조금씩 추워지는 것을 보니
따스했던 마음이 조금씩 짧아지고
따스했던 해가 조금씩 추워지는 것을 보니
이제는 겨울이 오려나 봅니다
가을이 떠나려나 봅니다
내 곁에는 겨울이 오고 있습니다
내 곁에 있던 가을이 떠나고 있습니다
마음이 추워지고 있습니다
해가 짧아지고 있습니다
친구를 떠나보내어 쓸쓸하지만
따뜻한 이야기를 나눌 친구를 맞이하여 기쁩니다
그렇게 가을은 가고 겨울은 오는가 봅니다

가을 한편

선물 받고 싶습니다
마음이 따뜻해지는 선물을 받고 싶습니다
계절 한편을 선물 받고 싶습니다
마음이 따뜻해지는 그런 계절 한편
콧끝을 즐겁게 해주는 그런 한편을 받고 싶습니다
너무 따뜻해 마음에 향기로운 감동을 주는 향수 한편을
저에게 꼭 선물해 주십시오
전 당신이 선물하는 그것을 받고 싶습니다
전 당신께 그 선물을 받기를 원합니다
이 계절이 가기 전에 따스한 마음 한편 선물해 주십시오

그때 오시는 날

가을은 내게

가을은 내게 와있다
마음 설레이는 그대가 내게 와있다
그대는 찬바람으로 나를 쓸쓸하게 하고
그대는 따스한 햇살로 나를 설레게 한다
높고 파란 하늘에 조각구름 하나 떠가고
설레는 마음 한편에 행복 한 조각 떠간다
달콤한 그대 향기에 행복해지고
아름다운 그 모습에 설레어진다
그대의 바삭바삭 맛있는 소리에 깊게 취한 오늘

수정처럼

수정처럼 맑은 하늘이
푸딩 같은 부드러운 바람이
달콤한 향 가득한 꽃향기가
밤송이처럼 따가운 햇살이
오늘이 가을임을 알려준다
내 마음에도 수정처럼 맑은 물 흐르고
푸딩바람이 이마에 맺힌 땀방울을 식혀준다
따가운 햇살에 퍼지는 달콤한 꽃향기는
오늘이 행복한 계절임을 알려준다

익어간다

익어간다
따스하고 고운 햇살이 익어갑니다
들판에 아름다운 향기가 익어가고
밭에 맛있는 과일이 익어갑니다
길가에 코스모스 익는 소리 들으며
그대를 향한 내 사랑도 익어갑니다
그대와 나의 사랑이 익어가는 소리에
그렇게 이 계절도 익어가겠지요
그대가 깊어가는 소리가 들립니다
싱쿵싱쿵 파삭파삭 그 소리가
설레임 가득한 맛있는 계절을 느끼게 합니다
햇살 고운 그대에게 만취해 보는 오늘입니다

외롭게

오늘은 외롭다
오늘은 외롭게 느껴진다
이 느낌은 무엇일까
그렇게 하늘은 파랗고
그대의 향기 누런 오늘
난 왜 이리 외로울까
아~ 가을을 타나 보다
가을은 이렇게 내 곁에 와있고
나는 혼자 신나게 그것을 타고 있구나
가을 남자는 외로운 것이구나
외로운 추남은 창밖을 바라보고
쓸쓸한 마음 달래려 낙엽 길을 걸으며
바작바작 소리를 들으며 외로움을 탄다

길게 느껴지는 시간

긴 시간을 보내고 있다
길게 느껴지는 시간을 보내고 있다
때로는 지루하고
또 때로는 고통스러운 시간을
우리는 그런 시간을 그렇게 보내고 있다
이 지루하고 고통스러운 시간이 언제 끝날지
우리는 그렇게 그냥 길게 느껴지는 시간을 보낼 뿐
이 긴 시간이 끝나기를 기다릴 뿐이다
이 길고 지루한 고통의 기간을 견뎌낸다
곧 끝날 이 시간도 언젠가는 추억이 되겠지요
어서 그날이 왔으면 좋겠습니다

고향집

고향으로 간다
유년 시절의 기억이 있는 곳
그곳으로 간다
마음이 편한 그곳으로
옛사람들이 살고있는 그 마을
옛 친구들은 그곳을 떠나고 없지만
옛 어른들은 그곳에 남아 살고있는 곳
옛날 모습은 찾아볼 수 없지만
그래도 옛 정취는 남아있는 곳
나는 옛 향수를 느끼러 간다
어린시절 함께 놀아주던 고마운 친구들이 생각나는
그곳으로 간다
고향집으로 간다

행복한 향

설레는 마음 가득 안고
아름다운 향 가득한 곳에서
사랑스러운 그대와 달콤한 눈 맞춤을 한다
마음은 아름답게 설레이고
두 눈에서는 달콤한 꿀이 떨어지고
그대와 나 사이에는 행복 열매가 열린다
달콤한 꿀 향 가득한 행복 열매 하나 따서
입에 넣으면 맛있는 행복 향이 가득 퍼지네
오늘 행복 눈 맞춤으로 아름다운 설레임 가득하네
꿀맛 같은 행복한 눈 맞춤

일기장

일기장이 있다
나만이 볼 수 있는
나만의 고운 추억들이 가득하고
나만의 행복들이 가득한
그런 나의 소중함이 있는
나는 그곳에서 고운 추억 하나 꺼내
나의 소중한 행복을 느끼고
나는 그곳에서 소중한 친구를 불러내
맛있는 차 한 잔을 마시며 즐거운 시간 고운 이야기를
나누며
나는 행복한 상념에 잠겨 본다
나만의 추억의 공간 그곳에서

가을 느낌

가을이 왔다
초저녁 바람에도
은은한 달빛에도
가을이 느껴진다

가을이 왔다
아파트 앞 나뭇잎에도
국화 향 가득한 화단에도
가을이 느껴진다

가을이 왔다
높고 파란 하늘에도
두둥실 떠가는 구름에도
가을이 느껴진다

가을이 왔다
아름다운 그대 옷차림에도
향기로운 그대 향기에도
가을이 느껴진다

가을이다

가을이다
바람도 쉬어가고
구름도 쉬어가는
가을이다

가을이다
내 마음에도
가을 향기가 스며들고
구수하고 달콤한 향이 머무는
가을이다

가을이다
누군가에게 편지를 쓰고 싶고
누군가를 마음 한편에 담아두고 싶은
가을이다

가을이다
그대에게 눈길이 가고
그대를 미치도록 사랑하고픈
오늘은 가을이다

그대 오시는 날

그대 오시는 날
그대 미소 가득 머금고 내게 오시네
그대 행복한 향 가득 안고 오시는 날
인자한 그 미소가 향기로워 행복을 느끼네
행복한 향기 너무 좋아 눈가에 이슬 맺히네
그대를 바라보고만 있어도 향기만 맡고 있어도 난 행복
하네
그대 인자한 향기가 나를 행복하게 하네
그대 미소가 너무 좋아서 오늘도 내 눈가에 행복이슬 맺
히네
인자한 미소를 내게 선물해 주시니 행복한 마음으로 설
레이네

행복할 준비

행복은 어디서 찾을까
행복하려면 무엇을 해야할까
행복은 그리 멀리 있지 않다
그렇다고 가까이 있지도 않다
행복은 항상 손에 잡히는 곳에 있다
단 행복은 준비되어 있는 사람에게만 잡힌다
진정한 행복은 준비하고 있어야 행복을 잡을 수 있고
쉽게 놓치지 말아야 하는 것이 행복이다
잠깐 왔다 쉽게 가버리는 것은 행복이 아니다
나도 지금 나에게 온 행복을 놓아주지 않을 생각이다
유명한 광고 카피처럼 놓치지 않을 꺼에요
그렇게 행복을 계속 유지하도록 노력할 것이다
행복이란 나그네가 항상 내 곁에 머물 수 있도록 말이다

평범한

잃었습니다
소중한 것을 잃었습니다
그것을 잃기 전에는 그것의 소중함을 몰랐습니다
그저 평범하다고 그리 중요하지 않다고 생각했지만
그 평범함이 가장 소중하다는 것을
일상을 잃었습니다
그냥 평범하다고 생각한 일상인데
평범한 일상을 잃고 나서 일상의 소중함을 알았습니다
지금은 길을 잃었습니다
평범한 일상으로 가는 길을
다시 평범한 일상으로 가는 길을 찾으려 애쓰지만
앞으로 길을 찾으려면 상당한 시간이 걸릴지 모릅니다
빨리 일상으로 가는 길을 찾았으면 좋겠습니다
그래야 평범한 일상으로 돌아갈 테니까요

추화 향

바람이 아름답게 불고
그 바람에 실려온 행복한 향기는
오늘이 행복의 계절임을 알려줍니다
팔월 한가위가 가까운 오늘
추화 향 아름답게 불어오고
그 바람에 실려온 달달한 행복은
오늘 행복의 단꿈을 꾸게 합니다
추화 향 아름답고 그 향에 취한 행복한 마음
추풍 아름답게 불어오고
그 추풍에 아름답게 익어가는 계절
아름답고 달달한 추화 향 가득한 이 계절이

서른

왠지 오늘이 아쉽게 느껴지고

그때 그 시절로 다시 돌아가고 싶다

그 푸르렀던 그때 서른 살 그 시절로

서른 그 말만 들어도 푸르름이 느껴진다

그 푸르름을 느끼고 싶은 오늘

오늘이 서른이었으면 좋겠다

오늘이 푸릇푸릇한 서른이었으면 좋겠다

하지만 오늘의 나는 서른보다 멀리 와 있다

아쉽게도 슬프게도 오늘의 나는 서른이 아니다

잠깐 깜빡하는 사이에 오십이라는 곳을 넘고 있다

돌아가고 싶다

서른이란 곳으로 돌아가 내가 하지 못했던 것들을 해보
고 싶다

하지만 아쉽게도 슬프게도 그곳으로 돌아갈 수는 없다

그냥 오십에서 서른에 못 했던 것들을 하는 수밖에

이제 서른 같은 오십을 사는 수밖에 없다

오늘부터

나는 서른 마음으로 오늘을 살아갈 것이다

오늘부터

난 서른 같은 오십이다

제 3 부
오래된 기억 저편

꽃눈 내리는 날

따스한 날
하얀 벚꽃 만개한
그 하얀 날
벚꽃 잎 눈이 내리는
그 길로 그대 오시네!
소복소복 하얀 발걸음으로
그대 내게 오시네
나는 설레는 마음으로
벚꽃 눈을 맞으며 그대를 기다리네
하얀 눈이 내리는 따스한 날
그대와 고운 이야기를 나누며
나는 그대와 고운 사랑 피워간다
향기로운 눈이 펄펄 내리는 날
함박눈처럼 그 꽃잎 내리는 그 길을 걸으며
따스하고 향기로운 사랑을 나누네

오래된 기억 저편

오래된 기억 저편

오래된 기억 저편 어딘가
따스했던 봄날이 머물고 있겠지
오래된 낙서장 한구석에 즐거웠던 추억이 머물고 있겠지
오래된 봄날의 낙서장 한편에 행복했던 봄날이 머물고
있겠지
오래된 낙서장을 뒤져 따스한 봄을 꺼내어 보자
오래된 낙서장에서 즐겁고 행복한 봄을 꺼내어 보자
행복하고 따스한 봄을 느낄 수 있게
행복한 봄 따뜻한 봄을 소환해 보자
따스하고 행복했던 그 봄을

봄인가

오늘이 봄인가
어제가 겨울이었으니
오늘은 봄이겠구나
하지만 봄은 오지 않았다
왜 봄이 오지 않았을까
오다가 중간에 주막에 들려 탁배기 한 사발 걸치나
어서 와라 탁배기는 나중에 걸치고
너 이거 직무유기다
어서 와 내게 맛있는 봄 향기를 선물해 주렴

보석상자

보석 같은 별빛
보석 같은 마음
그 보석들을 담을
내 마음에 보석상자 하나 갖고 싶다
그 속을 값진 보석들로 채우고 싶다
나만의 값진 보석들이 가득한 보석상자
보석 향 가득한 나만의 값진 보석들
그 보석상자를 많은 이들과 공유하고 싶다
행복이 가득한 보석상자를 가지고
많은 이들과 그 행복을 공유하고
너도 행복하고 나도 행복한 그런 보석들
나는 그런 보석 같은 행복이 가득한 보석상자를 갖고 싶다

겨울 편지

오늘 편지를 쓴다
눈처럼 하얀 마음으로
하얀 그대에게 편지를 쓴다
하얀 종이 위에 하얀 글씨로 내 마음을 쓴다
내 하얗고 고운 마음 그대에게 전하기 위해
그대에게 하얀 계절의 편지를 쓴다
하얗고 따뜻한 마음을 담아 그대에게 쓴 편지는
제가 그대에게 드리는 따뜻하고 훈훈한 손난로입니다

겨울아이

나는 겨울아이다

겨울아이는 겨울을 기다린다

겨울아이가 기다린 하얀 겨울

눈이 내린다

하얀색 가루가 소리 없이 내려

온 세상을 하얗게 물들인다

하얀색 물감으로 산과 들을 색칠해 놓은 것만 같다

하얀 겨울 들판에 하얀 모습으로 홀로 서 있는 겨울아이

하얀 눈을 뭉쳐서 만든 겨울아이는 그렇게 겨울을 기다

렸다

언제나 차가운 겨울이 계속되기를 바라는

나는 겨울아이

나는 겨울아이다
겨울아이는 차가운 겨울을 보낸다
눈이 쌓이고 얼음이 언다
눈 쌓이고 얼음이 언 들판에 홀로 서 있는 겨울아이
겨울아이는 생각한다
차가운 겨울이 계속되면 모든 생명체가
차가운 얼음 속으로 사라질 것을 생각한 겨울아이는
슬퍼진다
그래서 겨울아이는 봄을 기다리기로 한다
봄이 오면 자신은 녹아 사라지겠지만
많은 생명들이 태어날 생각에 행복해지는 겨울아이
봄이 온다
행복한 미소를 지으며 녹아버린
나는 겨울아이

오래된 기억 저편

연모

그리운 마음
애타는 그리움
그 마음 당신을 향하고 있습니다
연모합니다
당신을 연모합니다
당신을 향한 연모의 마음
연심을 품고 있습니다
나는 당신에게 연심을 품고 있습니다
당신을 향한 그립고 애타는 마음
그립습니다
당신 곁에 있어도 저는 당신이 그립습니다
이것은 아마 제가 당신을 진심으로 연모하기 때문일 것
입니다
저의 마음속은 항상 당신을 연모하는 연심으로 가득하니
까요

사랑은

사랑은 아픔인가 보다
왜냐고? 아프니까
사랑은 슬픔인가 보다
왜냐고? 슬프니까
사랑은 너무 사랑해서 아프고
사랑은 그 사랑을 이룰 수 없어
슬픈 것이다
사랑하는 이를 마음 놓고
사랑할 수 없어
아프고 슬픈 것이다

오래된 기억 저편

시를 쓴다

아름다운 이야기를
아름다운 운율에 맞춰
시라는 이름으로 쓴다
나는 시를 쓴다
아름다운 시를 쓴다
아름다움의 기준이 뭔지 모르지만
나는 아름다운 시를 쓴다
밤하늘의 별빛도 스쳐가는 바람도
시의 아름다운 주제가 된다
사랑을 하는 연인들의 이야기도
사랑을 이룰 수 없는 아픈 이야기도
아름다운 운율이 되어 사람들 가슴에
잔잔한 감동을 준다

행복을 갈망하는 사람들에게

행복한 운율에 맞춰

행복이라는 이름으로 행복을 쓴다

나는 행복을 쓴다

행복의 기준이 뭔지 모르지만

나는 행복한 시를 쓴다

마주 보는 것만으로도 행복한 연인들의 이야기도

행복할 수 없는 슬픈 이야기도

모두 시의 운율에 실려 모두의 가슴에

잔잔한 행복을 준다

오래된 기억 저편

국화의 눈물

국화 향을 맡으며 하루를 보냈다
11월의 첫날 쌀쌀한 국화 향을 맡으며 눈물을 흘렸다
쌀쌀한 날씨 때문에 눈물을 흘린 것은 아니다
마음이 아파서 눈물을 흘린 것이다
우리의 마음을 아프게 하는 일들이 너무 많아져서
우리의 가슴에 피멍이 들어 눈물을 흘린다
우리 모두는 지금 마음이 너무 아프다
국화는 우리에게 말한다
아파하지 말라고 눈물 흘리지 말라고
이제 다시 한번 뛰라고
우리는 다시 힘을 내어 달려 나간다
진한 국화의 눈물을 뒤로 한 채

해물 파스타

바다가 보고 싶어서
바다를 맛보고 싶어서
해물 파스타 한 접시를 맛본다
짭조름한 바다 한 접시를
해물 파스타 한 접시에 바다가 나에게 왔다
쫄깃한 해산물과 부드러운 파스타 면의 식감이 나를 바
다로 안내한다
나는 바다 한 접시를 맛보며 향긋한 바다 향에 취한다
바다 한 접시에 바다가 보이는 느낌이다
이 짭조름하면서도 쫄깃한 바다의 맛이 나를 행복하게
한다
오늘은 바다에서 행복한 바다를 맛보고
내일은 그 바다에 취할 것이다

냉화

눈 내린 겨울
꽃이 핀다
눈 속에 핀 꽃은 아름답다
차가운 냉기를 뚫고 아름답게 피어난 꽃
차디찬 동터에서 피어난 꽃
차가운 키스처럼 냉정하고 차갑다
서늘한 너의 자택에서 서늘한 향기가 배어난다
나는 너의 차가운 아름다움에 마음을 빼앗겼다
도도하고 차가운 아름다움이 나를 너에게 빠져들게 한다
오늘은 너와 서늘한 사랑을 나누고 싶다

하얀 민들레

어느 향기로운 날
하얀 향기 가득 품은 민들레처럼
그렇게 그대는 내게로 다가왔다
그대는 하얀 민들레처럼 아름답다
하얀 마음 고운 마음의 그대여
그대에게서는 하얗고 고운 향기가 난다
그대 모습은 하얗고 순수한 민들레
순백의 미소가 아름다운 하얀 민들레
그대의 백색 아름다움에 내 마음도
하얗게 물들어 오네

반쪽

춥다

외롭다

쓸쓸하다

반쪽이어서

반쪽을 찾고 싶다

춥지 않게

외롭지 않게

쓸쓸하지 않게

지금은 춥고 외롭고 쓸쓸하지만

반쪽을 찾는다면

따스하고

행복하고

훈훈할 것 같다

어서 반쪽을 찾아

따스하고 행복하고 훈훈한 겨울을 보내야지

그곳

그곳에 가고 싶다
희망이 넘치는 그곳
행복이 넘치는 그곳
그곳은 어떻게 가야 하나
어디에 있는 것일까
희망이 넘치는 희망의 나라
행복이 넘치는 행복한 나라
나는 그곳에 가고 싶다
희망과 행복이 넘치는
나는 그 나라의 주인이 되고 싶다
언제나 행복지수 높은 그곳
행복하고 희망이 넘치는 그 나라

희망을 이야기하고 싶다

희망을 이야기하고 싶다
답답하고 절망적인 이야기보다
시원하고 희망적인 이야기를 하고 싶다
현실은 답답하고 절망적이지만
그래도 나는 희망을 이야기하고 싶다
지금 답답하고 절망적이라고 하더라도
우리의 미래는 희망적이라 믿고 싶다
아니 우리의 미래는 희망적이어야 한다
지금까지 우리는 절망만을 맛보았는데
우리의 미래까지 절망적이라면 정말 슬플 것이다
그래서 우리는 희망차고 행복한 미래를 이야기해야 하는
것이다
이제 우리는 희망만을 이야기하자

투명한 마음

투명하고 맑은 마음
그 마음 머무는 곳에
내 마음도 머물러 있네
맑고 청아한 냇물이 흐르는 곳에
내 마음도 맑게 흐르네
내 마음은 맑은 시냇물
언제나 맑고 고운 마음 되어 흐르네
내 사랑하는 마음은 언제나 고운 마음으로 그대에게 흐
르네

웃는 날

웃고 싶다

슬퍼도 웃고 싶고

기뻐도 웃고 싶다

언제나 웃고 싶다

웃으면 즐거워지고

웃으면 행복해진다

언제나 즐거운 마음으로

언제나 행복한 마음으로 살고 싶다

웃자 웃어보자 즐겁고 행복해지게

웃으면 행복이 오고

웃으면 즐거워진다

나에게 행복이 머물고

나에게 즐거움이 온다

오늘은 행복해지는 날이다

오늘은 즐거워지는 날이다

행복하고 즐거워지는 날이 바로 오늘이다

세상을 바꾸는 힘

세상을 바꾸는 힘은 나에게 있다
내가 세상을 바꾸려고 노력해야 한다
그러기 위해서는 나부터 바뀌어야 한다
변화하는 것을 두려워해서는 안 된다
변화는 두려운 것이 아니라 나를 업그레이드하는 과정이
다
힘을 기르자 세상을 바꾸는 힘을 기르자
힘을 길러 세상을 바꿔보자 변화시켜 보자
나부터 변하자 변해서 세상을 바꿔보자
좀 더 아름답고 좀 더 행복한 세상을 만들기 위해서
업그레이드하자 이제는 업그레이드 해 보자
이제는 올드 버전은 버리고 뉴 버전으로 업그레이드 해서
세상을 바꿔보자 이제는

제 4 부
당신을 닮은 오늘

별 비

별빛이 내리는 밤
고요함이 흐르고
나는 홀로 외로워
내리는 별 비만 맞고 있네
주위의 사람들은 있지만
나는 늘 외로운 사람
내리는 별빛만이
나의 이 외로움을 달래 준다
내리는 별 비에
외로운 내 마음 씻겨
나의 외로움을 지우네

오늘까지만

오늘까지만 슬퍼하고
오늘까지만 아파했으면 좋겠습니다
오늘이 지나 내일까지 슬프고 아프다면
당신의 고운 마음에 깊은 상처가 남을까 걱정됩니다
오늘까지만 슬퍼하고 아파하십시오!
오늘만 울고 내일은 웃기로 하는 것입니다
내일은 행복해지고
내일은 즐거워지기로 저와 약속해요
내일이 빨리 왔으면 좋겠습니다
내일은 당신이 행복해지는 날이니까요
내일 당신이 행복해지는 모습을 보고 싶습니다

제4부

그것

무언가 내게 다가오고 있다
내게 다가오는 그것은
그것은 그렇게 내게 다가왔다
그것은 그렇게 나를 설레게 했다
나는 그것에 매료되어갔고
그것은 그렇게 내게 머물렀다
그것은 점점 나를 지배해갔고
그것은 나를 행복하게 했다
나는 그것에 행복한 지배를 받았다
나는 오래전부터 그것이 나를 지배해 주기를 바랐는지
모르겠다.
나는 오늘도 그것의 지배를 받고 있다
내가 언제까지 그것의 지배를 받을지는 모르겠다.
내가 너무 그것에 의존하고 있는 것은 아닌지?
이제는 그것의 지배에서 벗어나 나만의 자존감을 찾아야
할 때다
나만의 그것을 새로이 형성해야 된다
이제 그것의 지배에서 벗어나서 말이다

당신을 닮은 오늘

향기 가득한 오늘
고운 햇살 쏟아지는 화창한 날
오늘의 날씨는 당신을 닮았습니다
오늘은 당신처럼 맑습니다
오늘은 당신처럼 아름답습니다
맑고 아름다운 날씨가 마음을 설레게 합니다
화창하고 아름다운 당신이 나를 설레게 합니다
당신의 맑고 고운 마음이 오늘을 편안하게 합니다
당신의 아름다운 자태가 나를 행복하게 합니다
오늘은 당신 때문에 편안한 행복을 느낍니다
당신처럼 아름다운 향 가득한 날씨가

혼자는 바쁘다

바쁘다
혼자가 되는 길은 바쁘다
외롭다
혼자 가는 길은 외롭다
힘들다
혼자라서 힘들다
이제는 혼자서 가야 한다
혼자다
이제는 혼자다
홀로 서야 한다
외롭고 힘들더라도
혼자 해내야 한다
해낼 수 있다
바쁘게 가보자 혼자만의 이 길을

밥 한번

밥 한번 먹자
아무리 바빠도
밥 한번 먹자
아무리 힘들어도
다 먹고 살자고 하는 일인데
시간이 안된다고
밥먹을 시간도 없겠느냐
힘들어서 안된다고
아무리 힘들다고 밥먹을 기운도 없겠느냐
바쁘다는 핑계 대지 말고
힘들다는 핑계 대지 말고
우리 밥 한번 먹자
밥 한번 먹는데 뭔 이유가 많고
밥 한번 먹는데 뭔 사연이 많으냐
오늘은 바쁘고 힘들어도 밥 한번 먹자

당연하다

당연하다
오늘이 가고 내일이 오는 것이 당연하다
그대가 아름다운 것은 당연하고
그런 그대에게 끌리는 것도 당연한 것이다

당연하다
오늘보다 나은 내일이 오는 것이 당연하고
오늘보다 내일이 행복해지는 것이 당연하다
모든 일들이 잘 되는 것이 당연하고
그러기 위해 노력하는 것이 당연하다

당연하다
오늘이 있어야 내일이 있는 것이 당연하고
아픔이 있어야 행복도 오는 것이다
당연한 것이 당연하다
당연하지 않은 것이 이상한 것이다

내 마음은

내 마음은 강물이어라
어딘가로 흘러가고 싶은 강물이어라
내 마음은 바람이어라
바람처럼 왔다 바람처럼 가는 바람이어라
강물처럼 바람처럼 자유롭게 오가는
그런 존재이고 싶어라
나는 그런 존재이고 싶어라

내 마음은 구름이어라
어딘가로 떠가고 싶은 구름이어라
내 마음은 자유로운 영혼이어라
마음 가는대로 몸 가는대로 자유롭게 오가는 영혼이어라
구름처럼 영혼처럼 자유로운 존재이고 싶어라
나는 그런 존재이고 싶어라

한잔해요

우리 술 한잔해요
이슬이도 좋고 두꺼비도 좋아요
보리곡차도 좋습니다
오늘 밤 그대와 한잔하고푸네요
우리 한잔하면서 가슴 답답함을 털어보아요
우리 이 밤이 다 새도록 한잔해요
우리 한잔하며 우울한 마음 달래보아요
우리 그냥 한잔 마셔요

우리 취해 보아요
그냥 술에 취하고
그 알딸딸한 분위기에 취해 보아요
나는 그대에게 취하고
그대도 저에게 취해 보아요
서로에게 행복하게 취해요
우리 행복하게 한잔하고
행복에 흠뻑 취해 보아요

내 마음을 보여줄게

너를 향한 마음
너를 향한 진심
내 마음을 보고 싶니?
내 진심을 느끼고 싶니?
그럼 보여줄게
내 마음을 보여줄게
내 진심을 느끼게 해줄게
너에게만 보여줄게 느끼게 해줄게
내 진심이 담긴 내 마음을
어서 이리와 내 마음을 보렴
또 와서 그 속의 내 진심을 느끼렴
그렇게 멀리 있지 말고
내 곁으로 와 내 진심이 담긴 마음을
어서와 내 마음을 보여줄게 진심을 느끼게 해줄게
이렇게 너를 좋아하잖아 사랑하잖아
너를 좋아하는 내 마음을 보여줄게
너를 사랑하는 내 진심을 느끼게 해줄게
너에게만 보여주고 느끼게 해줄게

행복 동행

행복하고

불행하다

내 곁에는 행복이 있고

그 옆에는 불행이 있다

행복은 항상 그곳에 있고

불행 또한 항상 그곳에 있다

어떤 날은 행복하고

또 어떤 날은 불행하다

행복 옆에는 불행이

불행 옆에도 행복이 있다

그래서 행복한 불행을 느끼고

불행한 행복을 느낀다

행복과 불행은 한 집에 사는 가족이다

나에게도 행복한 마음 불행한 마음이 공존하고 있다

마음먹기에 따라 행복할 수도 불행할 수도 있다

크리스마스 선물

선물을 받고 싶습니다
크리스마스 선물을 받고 싶습니다
따뜻한 선물을 받고 싶습니다
행복한 선물을 받고 싶습니다
마음이 따뜻해지고 행복해지는
그런 선물을 받고 싶습니다
저에게 그런 선물 하나 해주십시오
그대 마음이 담긴 그런 크리스마스 선물을 받고 싶습니다

선물을 주고 싶습니다
크리스마스 선물을 주고 싶습니다
따뜻한 선물을 주고 싶습니다
행복한 선물을 주고 싶습니다
마음이 따뜻해지고 행복해지는
그런 선물을 주고 싶습니다
저의 선물을 받아 주십시오
따뜻한 저의 온기가 담긴 크리스마스 선물을 주고 싶습
니다

바다

바다가 보고 싶어 그곳에 갑니다
바다 향이 그리워 그곳에 갑니다
그대가 깊어가는 오늘이라 그곳에 갑니다
고운 바람 상큼한 햇살에 행복해지는 오늘입니다
바닷가에서 깊어가는 그대와 은은한 이야기를 나누며
마음 가득 행복한 오늘을 저장합니다

편지를 받고싶다

편지를 받고 싶습니다
누군가에게 편지를 받고 싶습니다
쓸쓸한 외로움을 잊고
마음 따뜻한 행복이 넘치는
그런 편지를 받고 싶습니다

편지를 쓰고 싶습니다
누군가에게 편지를 쓰고 싶습니다
행복하십시오 항상 당신을 응원합니다
누군가의 마음을 위로해 주는
그런 편지를 쓰고 싶습니다

내가 누군가에게 따뜻한 편지를 쓴다면
그 누군가도 나에게 행복한 답장을 하겠지요
오늘은 따뜻한 위로의 편지를 누군가에게 보내고 싶고
나 또한 누군가가 보낸 위로의 편지를 받고 행복해지고
싶습니다

소리가 느껴지는 오늘

오늘은 그곳에 갔습니다
그대가 떠나기 전에 함께
그대가 있는 그곳에서
은은한 이야기를 나누며 맛있는
낙엽 떨어지는 소리를 듣습니다
바삭바삭 소리를 밟으며
빨간색 염색을 한 나무와
아이컨택을 하고
깊어가는 그대를 깊게 느낍니다

이별의 느낌

깊어가는 그 길을 걷습니다
아삭아삭 부서지는 낙엽을 밟으며
조금은 쓸쓸해진 길을 걷다가
휑 해진 마음을 발견합니다
내일이면 떠날 그대를 생각하면
눈가에 이슬이 맺히는 오늘입니다

보리수아래 감성 시집 11
성인제 시집

당신을 닮은 오늘

시인	성인제

펴낸곳	도서출판 도반
펴낸이	김광호
편집	최명숙, 김광호, 이상미
대표전화	031-983-1285
이메일	dobanbooks@naver.com
홈페이지	http://dobanbooks.co.kr
주소	경기도 경기도 김포시 고촌읍 신곡리 1168

불교와 장애인의 문화예술이 있는
"보리수아래"

보리수아래는 2005년에 청량사 지현스님(현 대한불교조계종 조계사 주지)의 제언으로 결성되어 불교와 문화예술에 관심있는 장애인들의 문화예술 활동을 지원하고 그들이 재능을 발휘할 수 있는 기회를 제공하고 있습니다. 또한 그들의 재능과 능력을 살려 참된 신앙생활과 바른 포교활동을 하고 이 사회의 일원으로 더불어 살아가도록 지원하고 있습니다.

주요 사업은 장애인의 예술창작과 발표 활동, 장애인의 문화예술교육 지원, 장애불자를 위한 포교활동 및 신행생활 지원, 재능을 기반으로 한 출판 지원, 장애인의 사회적 인식 개선 등 다양한 사업을 하고 있습니다.

현재 월 1회 정기 모임을 매월 셋째주 토요일에 갖고 있으며 장애인 문화예술활동과 불교에 관심있는 분이면 누구나 동참하실 수 있습니다.

많은 분들의 관심과 후원이 필요합니다! 정기후원, 일시후원, 물품후원, 재능기부, 자원봉사 등으로 후원하실 수 있습니다.

■ 후원계좌 :

하나은행 163-910009-28505 보리수아래

국민은행 841501-04-027667 보리수아래

국민은행 220602-04-213491 최명숙(보리수아래)

■ 후원문의 :

☎ 02)959-2611

이메일 cmsook1009@naver.com

■ 홈페이지 :

http://cafe.naver.com/borisu0708